KB169509

고양이의
시

프란체스코
마르치울리아노 지음

김미진 옮김

고양이의
시

I
COULD
PEE
ON
THIS

망가진
장난감에게
바치는
엘레지

보리스와 나타샤,

그들의 가족이 될 수 있었던 건 내게 크나큰 행운이었다.

잊을 수 없는 두 고양이와의 사랑스러운 추억에 이 책을 바친다.

들어가며

수천 년 동안, 고양이들은 인간에게 자신들이 어떤 존재인지 보여주려고 노력해왔다. 그들은 몸짓으로 말하고, 야옹야옹 하소연하고, 심지어 "노리던 물건을 끄집어내려 침을 바른 뒤 끌고 다니다 또 언제 그랬냐는 듯 방치하는 등" 고양이다운 말썽으로 의사를 표현하기도 한다. 그리고 같은 기간 우리 인간은 진정한 감성적, 정신적 교감을 위한 그들의 끊임없는 노력을 지켜보며 말하곤 했다. "아유, 이 조그만 털 뭉치 얼굴 좀 봐! 왜 그랬어? 속을 알 수가 없네, 우리 귀염둥이 털 뭉치."

하지만 이제 시와 출판의 힘을 빌려 모든 고양이가 인간을 자신의 세계로 초대해 가슴과 영혼을 보여줄 수 있게 되었다. 독자들은 이 책에서 고양이가 스스로의 욕망과 갈등, 자각을 낱낱이 토로하는 시를 읽게 될 것이다. 또한 고양이가 특이한 행동을 하는 이유에 대해서도 이해하게 될 것이다. 이를테면 왜 앞발을 와인 잔에 푹 담근 채 당신의 얼굴을 빤히 바라보는지…… 치즈 태비가 자신의 줄무늬에서 카베르네 쇼비뇽을

뽑아낼 수 있다고 생각하다니, 귀엽지 않은가.

이 시집을 다 읽고 나면, 고양이의 생각과 행동을 이해함은 물론 고양이를 찬양하게 될 것이다. 어쩌면 고양이에게 상을 주거나 거실에서 고양이를 위한 축하 퍼레이드를 할 수도 있다. 그럴 땐 작은 소품들을 떨어지지 않도록 미리 치워두는 것도 잊지 말자. 아니면 여러분은 고양이와 함께 앉아 그의 눈을 똑바로 바라보며 이렇게 말할지도 모른다. "알았어. 정말 알아들었다고…… 털 뭉치 꼬마야."

차 례

1
/가족

가끔 나는 네 따뜻한 가슴에 드러누워
너의 행복한 한숨 소리에 귀를 기울이고
네 다정한 두 눈을 깊이 들여다보며
생각하지, '누구더라?'

오줌을 눌 거야

새 스웨터에서 내 냄새가 안 나잖아

여기다 오줌을 눌까

집사가 나가서 온종일 돌아오지 않는데

노트북을 그냥 두고 나갔군

여기다 오줌을 눠버릴까

집사의 새 애인이 내 머리를 밀쳐냈어

네놈한테 오줌을 눌 테다

내가 집사를 모르는 척하는데도 그걸 알아채지 못하다니

여기저기 막 오줌을 눌 거야

이제야 나를 달래려고 무릎에 앉히네

흥, 여기다 오줌을 눌 거야

여기다 오줌을 눠야지

네 코를 핥는다

네 코를 핥는다

네 코를 또 핥는다

너의 눈꺼풀을 발톱으로 살짝 긁어본다

오, 일어났어? 나 밥 좀 줘

닫힌 문

들여보내줘 들여보내줘 들여보내줘

들여보내줘 들여보내줘 들여보내줘

들여보내줘 들여보내줘 들여보내줘

들여보내줘 들여보내줘 들여보내줘

들여보내줘 들여보——

어, 음, 안녕?

꼭 대답을 바란 건 아닌데

꼭 들어가려던 건 아니야

이 방이 이렇게 재미없을 줄은 몰랐네

음, 어, 그럼, 안녕

왜 그래?

왜 비명을 질러?

내가 뭐 잘못했어?

왜 우는 거야?

내가 어떻게 해줄까?

다른 색깔로 바꿔올까?

다른 크기로 바꿔다줘?

다른 방에 갖다놨어야 해?

난 그냥 내 사랑을 보여주고 싶었어

단지 고마움을 표현하고 싶었다고

그래서 죽은 생쥐를 침대에 물어다놨을 뿐인데

이렇게 비명을 지르다니

어떡하란 말이야

네 무릎 위에 있는 건 누구지?

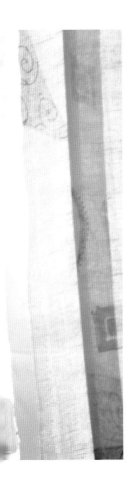

우리 집에 낯선 고양이가 있어

난생 처음 보는 고양이

나보다 훨씬 어린 녀석이야

네가 저 애 이름을 알다니

심지어 나를 저 녀석의 이름으로 잘못 부르기까지

녀석이 가장 밝고 따뜻한 자리를 차지하고

내가 좋아하는 베개를 쓰고 있어

이런 모욕감은 처음이야

난 아마 다시는 사랑을 못 할 거야

우리 헤어져

CD들은 너 가져

난 실타래만 있으면 돼

TV도 너 가져

털 뭉치는 내 거니까

주방 도구도 네가 가져가

난 이 구겨진 알루미늄 포일을 챙길게

자동차도 네 거야

더럽혀진 러그는 내가 가질게

해변가의 별장도 너 가져

난 이 티슈 상자만 있으면 돼

다 네가 가져가

오— 나 그 더러운 양말은 있어야 돼

자 이제 지옥에나 가버려, 내가 그 꼴을 꼭 봐야겠어

감히 어떻게 우리 둘의 보금자리에

다른 고양이 냄새를 풍기면서 돌아올 수 있지?

뭔가 잘못됐어

왜 벽지 색깔이 달라졌지?

뭔가 옳지 않아

왜 집에 못 보던 계단이 있지?

뭔가 이상해

왜 주방이 거실 반대편에 있는 거야?

무슨 일이 생겼나봐

창밖의 집들이 달라졌어

정말이지 뭔가 수상해

왜 "조지아"가 아니고 "뉴욕"이라고 말하는 거지?

뭔가 일이 일어난 거야

내가 그 이동장에 갇힌 이후로

큰일이 일어나고 말았어

조만간 내가 밝혀내고 말 테야

주체할 수 없는 사랑

날카로운 발톱으로 네 가슴을 마구 긁어놓은 건

넘치는 애정을 주체하지 못해서야

네 팔을 깨물고 놓아주지 않은 건

흠모하는 마음을 참을 수 없어서야

한밤중에 잠자는 네 목 위를 밟고 지나간 건

"안녕" 인사를 건네고 싶어서야

높은 곳에서 네 가랑이 위로 뛰어내린 건

네가 너무 그리웠기 때문이야

계단을 내려갈 때 네 발을 걸어 넘어뜨린 건

네 얼굴에 올라앉아 숨을 막을 뻔한 건

내가 항상 곁에 있다는 걸 알려주고 싶어서야

나는 숱한 방법으로 사랑을 표현해

내 사랑이 이렇게 넘쳐 흐르는데

왜 가까이 가면 피하는 거야?

형 제

사람들이 말하길

우린 전혀 안 닮았지만, 형제라고 했어

우린 많이 다르지만, 가족이래

나는 줄무늬, 너는 갈색

나는 길고, 너는 짧아

나는 날씬하고, 너는 통통해

나는 활발하고, 너는 얌전하지

나는 어린 고양이, 너는 햄스터

그래도 가족은 가족이잖아

그러니까 나도 쳇바퀴 좀 타게 해줘

오 크리스마스트리

오 제발

오 그러지 마

오 크리스마스 선물로 뭘 받을지

내가 포장을 다 찢어놓지 않았더라면

몰랐을 거라는 그런 표정 짓지 마

아 그리고

크리스마스트리는 옆으로 누운 게 더 근사해 보여

아 정말 그렇게 생각한다니까

그러니까 네가

그 몹쓸 물건을 내 목에 두르지 마

나를 현관문 밖으로 데려가지 마

공원에서 내 자랑 좀 하지 마

상점마다 나를 데리고 들어가지 좀 마

사람들이 멈춰서서 나를 쳐다본다고 흐뭇해하지 마

밖에 앉아서 전화로 수다 떨지 마

나를 데리고 동네방네 돌아다니지 좀 마

그러니까 네가 아직 애인이 없는 거야

진심으로

정말?

진짜로?!

진심이야?!

만약 내가 **너를** 병원에 데려갔다면

망할, 나는 확신할 수 있어

너는 땅콩을 온전히 달고 집에 돌아왔겠지

그럼 난 이만 실례할게

청승맞게 창밖이나 내다보러 가야겠어

아마 한 18년쯤

아주 기~~~~~~~~~인 18년쯤

진심이지?!

영 원

우리 삶이 다할 때까지 네 옆에 누워 있을 수 있어

　　　나 지금은 잠깐 가봐야겠어

수백 년 동안 날 쓰다듬어도 좋아

　　　우리 좀 떨어져 있어야 할 것 같아

수천 번이고 내게 뽀뽀해도 좋아

　　　나 어디 좀 나갔다 와야겠어

영원히 네 무릎에 앉아 있을게

영원히 네 무릎에 앉아 있을 거니까

일어설 생각도 하지 마

음, 그 전에 화장실을 다녀오는 게 어때?

왜냐하면 영원은 매우, 매우 긴 시간이니까

내 의자

이건 내 의자야

이건 내 소파야

저건 내 침대야

저건 내 벤치야

그것도 내 의자야

그것도 내 안락의자야

걔네는 내 스툴이야

걔들은 내 러그야

여기저기 다 내가 잠 잘 곳이란 말이야

넌 그냥 호텔 방을 잡는 게 나을지도 몰라

망 했 어

그건 오직 너만을 위한 거였어

우리 둘만의 소소한 장난이었다고

그걸로 함께 키득거리곤 했는데

오직 우리 둘이서만 말이야

그 특별한 순간을

온라인에 올려버리다니

이제 4000만 명이

내가 개처럼 짖는다는 걸 알게 됐어

난 이불 밖으로 나갈 수도 없어

널 저주할 거야

넌 좋은 변호사나 구해둬

아니면 나한테 훌륭한 소속사를 구해주든지

2 / 일

하루는 24시간이라는데
내가 깨 있는 건 세 시간뿐이야
그리고 두 시간은 시간외근무야

그루밍

목을 핥고, 가슴을 핥고

등도 핥고, 최고로 멋지게 보여야지

앞발도 핥아, 세수를 해야 하니까

다리를 뻗어 올려 중요한 곳도 핥고

꼬리도 핥고, 배도 핥고

등을 핥고, 음, 여기는 이미 했나?

혹시 했나 싶지만, 꼬리도 한 번 더 핥고

뭔 상관이야, 네 번 핥지 뭐

목도 한 번 더 핥자, 까먹었을지 모르니까

가슴은 했나? 음, 한 군데 빼먹은 구석이 있네

얼굴을 핥고, 다리, 꼬리, 다시 얼굴

다시 배를 핥고, 음 맞아, 얼굴

온종일 그루밍을 하지, 난 정말 먼지 하나 없이 깨끗해

닦아낼 수 없는 건 이 결벽증뿐인 것 같아

너의 키보드

년ㅅ온8ㅇㄷㄹ야넘ㄴ

내가 방금 네 프레젠테이션에 시를 한 편 썼어

ㅊ_ㅣ내ㅅ_ㅣ단ㅅㄷㅍㅇㄴㅈ어

네 이메일에 농담을 한 줄 적어놨어

ㅜㅔ농76__ㅗㄴ잊ㅇㅁㅎ

네 포스팅에 개인적인 내용을 좀 추가했어

ㅍㄴ킈7ㄴ젠8ㄴ73쥬ㅏ

네 트위터에 내 정치적 소견을 좀 피력했지

ㅠㅛㅗㄴㄴㅅ9모ㅈ-2ㅗㅜㄴㅗㄴㅗㅗㅁ

실수로 네 계좌 비밀번호를 눌러버렸네

새 스크래처쯤은 직접 구매하는 고양이거든

언 젠 가 는

언젠가 난 말을 할 거야

언젠가는 두 발로 서서 걸어다닐 거야

언젠간 책도 읽을 거야

언젠가는 네 가장 좋은 정장도 입어볼 테야

그리고 그때, 내가 일어서서 걷고 말하는 그때

인간 옷을 멋지게 차려입고

내가 네 말에 따르는 존재가 아니라 너와 동등한 존재라는

사실을 깨닫는 그때

나는 당당히 일어서서 너에게 요구하겠어

"침대 밑에 들어간 내 쥐돌이 좀 꺼내줄래?

 벌써 며칠이나 거기 있는데 손이 닿지 않아"

바쁘다, 바빠

오전 8시, 휴식 시간

오전 10시, 쉬는 시간

정오, 점심시간

오후 3시, 낮잠 시간

오후 6시, 재충전 시간

오후 9시, 취침 시간

자정, 잠깐 눈 좀 붙일 시간

새벽 4시, 네 침실 천장에 거꾸로 매달려

소리를 지를 시간

조 각

갉작 갉작 갉작

갉작 갉작 갉작

갉작 갉작

갉작

자, 다 됐다

이제 소파 다리를 좀 봐

로댕의 「생각하는 사람」을

그대로 재현해냈어

정말이야,

정확한 각도에서 보면 보인다니까

어쨌든, 다음 작품으로는

커튼으로 축제 때 뿌리는 색종이 꽃가루를

만들어봐야겠어

진지하게 말하는데,

아무래도 개인전을 한번 열어야 할 것 같아

말 해 봐

하루가 어땠는지 말해줘

무슨 꿈을 꿨는지 말해줘

네가 좋아하는 그 여자애,

웃음 짓고는 떠나버린 그 애에 대해서도 말해봐

뭐가 가장 두려운지 말해봐

가장 커다란 비밀도 털어놔

어둡기만 했던 날들에 빛이 되어준

무엇보다 소중했던 순간들을 내게 말해줘

왜 일이 잘 풀리지 않았는지

무엇이 너의 길을 막았는지

무엇 때문에 돌연 멈춰서야 했는지

떨쳐지지 않는 그 생각이 뭔지 말해줘

소파에 누워봐 그리고 내게 말해봐

마음을 열고 모든 것을 보여줘

이제야 네게 툭 터놓고 말하는데

뭐든지 얘기해봐 내가 다 들어줄게

알고 있었어?

알고 있었어?

보고 있었어?

세어봤어?

네 이마에 있는

그 나방 자국

몇 번이나 때렸는지?

내 앞발로 말이야

아마 천 번은 때려줬을 걸

나방은 이제 죽었어

확실히 죽었어 그래도

혹시 모르니 한 번 더 때려줄게

고맙긴 뭘

아홉 개의 목숨

첫 번째 목숨은 달리기 위한 것

두 번째 목숨은 빤히 바라보기 위한 것

세 번째 목숨은 기어오르기 위한 것

네 번째 목숨은 찢고 놀기 위한 것

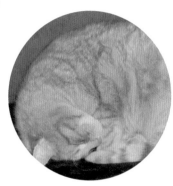

다섯 번째 목숨은 잠자기 위한 것

여섯 번째 목숨도 잠자기 위한 것

일곱 번째 목숨도 잠자기 위한 것

여덟 번째 목숨도 잠자기 위한 것

아홉 번째 목숨은 추억을 기록하기 위한 것

나는 달린다

방을 가로질러 달린다

거실을 질주한다

벽을 향해 뛰어든다

뭔가 본 것 같은데

그게 뭔지 잊어버렸네

이제 모든 사람이 날 지켜보고 있어

그렇다면 다시 방으로 달려 들어간다

다시 거실로 뛰쳐나온다

다른 벽으로 또 뛰어든다

이러면 내가 육상 연습을 하고 있다고

생각해주겠지

미 안 해

거실에서 발을 걸어 널 넘어뜨려서 미안해

서재에서 발을 걸어 널 넘어뜨려서 미안해

침실에서 발을 걸어 널 넘어뜨려서 미안해

주방에서 발을 걸어 널 넘어뜨려서 미안해

다락방에서 발을 걸어 널 넘어뜨려서 미안해

지하실에서 발을 걸어 널 넘어뜨려서 미안해

문턱에서 발을 걸어 널 넘어뜨려서 미안해

딱딱한 시멘트 바닥에서 발을 걸어 널 넘어뜨려서 미안해

실은 5000달러의 살인 청부를 받았거든

함께 하는 일

거실 바닥 청소는

네 스웨터를 앞뒤로 밀고 다니면 되지

식탁은

내가 꼬리를 몇 번 휘둘러 쓸면 되지

선반에선

네가 모아놓은 장식품들을 싹 털어냈어

침대 정리는

뒹굴면서 내 냄새를 묻혀주면 돼

내가 도와줄게

나도 내 역할을 하고 싶어

그렇게, 우린 모든 걸 함께하는 거야

나를 부를 때

나를

부를 때

"머핀"이라고 하든

뭐든 마음대로 불러

다만

붙여야 할 게 있어

'님' 자를 붙여

그럼 내가 바로 돌아볼게

치 킨 앤 라이스

첫날엔 치킨 앤 라이스

둘째 날에도 치킨 앤 라이스

셋째 날에도 치킨 앤 라이스

넷째 날에도 치킨 앤 라이스

다섯째 날에도 치킨 앤 라이스

여섯째 날에도 치킨 앤 라이스

오늘은 양고기와 라이스

치킨이 없다니 오늘은 하늘이 무너지는 날

이제 알아냈어

구백구십오

널 위해 일하는 중이야

구백구십육

그러니까 방해하지 마

구백구십칠

난 정확하게 세고 있어

구백구십팔

그러니까 메모를 해둬

구백구십구

이제 겨우 알아냈다

화장실 두루마리 휴지는

모두 천 장이었어

무릎을 꿇으라

고대 이집트에서

우리 고양이들은 신이었다

우리는 천계를 다스리고

지상을 지배했다

그러니 내 앞에 무릎을 꿇으라

명하노니 내게 가까이 오라

어흠, 내 말을 들으라

약간의 간식이 괜찮지 않겠는가?

좋아, 장난감도 나쁘지 않다

구긴 종이 정도면 마땅하리라

나는 그리 까다롭지 않으니

그래, 내 귀 뒤쪽을 조금 긁어주면 어떠하겠느뇨?

그 정도면 괜찮겠노라

오

오 그래 좋다

그대, 상전 한번 잘 섬기는구나

3
놀이

삶은 통로다
우리가 탐험해야 할 통로
한 번에 머리 하나가
겨우 통과할 만한 크기의 통로

툭

툭

툭 툭 툭

툭 툭 툭 툭 툭 툭

툭

아 컵이 떨어졌다, 깨져버렸네

조그만 상자

조그만 상자

숨바꼭질 놀이

조그만 상자

안에 들어가면 꼭 끼어

조그만 상자

참 아늑해

조그만 상자

발이 귀에 닿는군

조그만 상자

끼었어

끼었어

끼어버렸어!!!

조그만 상자

좀 도와줄 사람?

아기 고양이

이런 젠〔삐 ─〕, 저 공이 막 튀어!

저 망〔삭제됨〕 것을 여기서 치워버려

이 줄은 굉장해!

이런 씨〔지워짐〕, 나 엄청 빨리 뛸 수 있어!

말도〔금지됨〕 안 돼, 나 지금 그 접시를 깨뜨렸어!

제기〔편집됨〕, 나 점프하는 거 봤어?!

아 이런 빌〔금지됨〕, 항아리 속에 갇혔어

씨〔삐 ─〕, 맛을 보여줄 테다!

오〔짤림〕 안 돼, 네 기타가 망가졌어!

염〔불가〕 이럴 수가

나 네 다리를 타고 오를 수 있어!

거짓 지〔차단됨〕 마,

내가 네 마루를 망쳤다니!

이런 썩〔지워짐〕,

내 삶이 축복받은 게 아니라고?!

씨〔삐 ─〕, 어려서 분하다

6개월만 있어봐!

내 절친들 중 몇은 개야

우린 개에 관한 얘기를 해

고양이 친구들 중엔 그걸 이해 못 하는 애들도 있어

개를 무서워하다니 웃기지

내 친구 개들은 나를 있는 그대로 좋아해줘

정말이야, 개들은 내가 개처럼 짖기를 바라지 않아

시체놀이를 하거나

개 장난감을 씹거나

엉덩이 냄새를 맡는 걸 바라지 않아

그래도 우린 친해

내 절친 중 몇은 강아지야

그냥 네가 그걸 알았으면 했어

앞이 캄캄 해

나 눈이 멀었어!

아 기다려, 아닌가 봐

나 눈이 멀었어!

아냐, 잘 보이는데

나 눈이 멀었어!

그런데 네가 보이네?

나 눈이 멀었어!

아 다시 네가 보여

나 눈이 멀었어!

대체 무슨 일…… 앗.

내 눈을 덮고 있는 거 설마 네 손이야?

저 선반 꼭대기에 뛰어오를 수 있을 것 같아

저 꼭대기까지 뛰어오르고 싶어

저 꼭대기에 뛰어오를 수 있을 거야

저 꼭대기에 뛰어오른다

아깝게 180센티미터 차이로 닿지 못했는데

다른 것들이 바닥에 떨어졌어

대체 인간들은 왜 도자기를 사는 거야?

이렇게 쉽게 깨지는데

바깥세상

바깥세상에서는

생쥐가 알아서 입속으로 뛰어들고

새들이 남쪽으로 날아가는 대신

버터를 바르고 입속으로 날아든대

바깥세상에서는

해가 쨍쨍 빛나고

구름은 포근한 담요가 되고

문도 모두 열려 있대

바깥세상에서는

나뭇가지마다 실이 늘어져 흔들거리고

꽃들이 머리부터 꼬리까지 쓰다듬어주고

중성화된 고양이가 왕이래

바깥세상

한 번도 나가보진 못했지만

집고양이라도 난 모든 걸 알아

왜냐하면 우리 집 개가 다 말해주거든

너 무 웃 겨

하하하하하하하하

하하하하하하하하

하하하하하하하하

하하 하하 하

저 강아지 좀 봐, 스웨터를 입었어

꼬리의 의미

내 꼬리가 부드럽게 휘어져 있으면, 난 편안한 거야

살짝 말려 있으면, 날 만져도 돼

움찔거리면, 내 시야에서 사라져

한쪽으로 치워져 있으면, 오늘 밤은 자유롭다는 뜻

부풀어 있으면, 상대할 기분이 아니라는 거야

양쪽으로 흔들리고 있으면, 진지한 상태라는 뜻이고

똑바로 서 있으면, 고맙다는 의미야

보이지 않는다면, 나는 아마 맹크스*일 테고

음식을 잡고 있다면, 아마 네가 안고 있는 건 원숭이일 거야

그나저나 이제 그만 넌 저쪽으로 가는 편이 좋겠어

* Manx. 유전적으로 꼬리의 시작 부분이 오목하게 들어가 있어, 꼬리가 없거나 매우 짧은 고양이 종.

망가진 장난감에게 바치는 엘레지

너는 이제 더 이상 울리지 않네

너는 이제 더 이상 구르지 않네

이제 더 이상 아무 반응이 없네

네가 어떻게 움직이는지 알아보려 했을 뿐인데

이 죄책감을 감당할 수가 없네

이 깊고 깊은 슬픔을 말로 다할 수 없다네

네가 이렇게 약해 빠진 싸구려였다니 믿을 수가 없네

정말이지, 별로 세게 건드리지도 않았건만

농 담

야옹

야옹 야옹 야옹

야옹 야옹

야옹 야옹 **야옹!**

응?

왜 안 웃지?

후……

내 농담이 별로 안 웃겼나보군

초 밥

정말 그렇게 생각한 거야?

생선을 밥에 감출 수 있을 거라고?

아악, 이 초록색 페이스트 화끈하네!

나 닮은 고양이

너에게 또 다른 소파가 있는지 몰랐어

너에게 또 다른 TV가 있는지 몰랐어

너에게 또 다른 고양이가 있는지 몰랐어

꼭 나처럼 생긴 고양이가

너에게 다른 거실이 있는지 몰랐어

여기랑 똑같이 꾸며놓았는지도

나랑 똑같이 생긴 고양이가 날 빤히 바라보는 게 싫어

뭐, 둘이 눈싸움을 하며 놀 수는 있겠지만

왜 저쪽 거실에 들어갈 수 없는지 모르겠어

아무리 가보려 해도 갈 수가 없어

왜 나한테만 거울 긁지 말라고 소리를 지르는 거야?

쟤도 똑같이 긁고 있는데

끝나지. 않을. 일.

이 모든 일은 나흘 전에 시작되었지

네가 여기 사로잡힌 게 벌써 삼 일째야

네 상사한테 전화가 오기 시작한 건 이틀 전

그리고 너는 지각 때문에 해고당했어

하지만 시작한 건 너야

줄에 깃털을 달아맨 게 너잖아

나한테 놀자고 낚싯줄을 흔들기 시작한 것도 너고

내 심장을 노래 부르게 만든 것도 너야

자, 영원히 함께하게 된 걸 환영해

쿠블라 캇 *

웃어대는 찻잔의 가장자리에서

이 쿠블라 캿님이 명하노라

옥수수 튀김에게 훈장을 내리고

브라우니를 석방하라

벽은 물로 변하여

우리의 슬픔을 수장시켜라

의자는 스스로 몸을 태워 방을 덥히고

어릿광대들의 얼굴을 마주하지 않도록 하라

숟가락은 일제히 합창을 하고

모든 포크는 나의 발톱이 말하는 것을 이해하도록 하라

이 캿닙에 이렇게나 취했으니 말이다

---

* 원제 'Kubla Kat'을 음차한 것이다. 캿닙에 취한 고양이를 쿠빌라이 칸Kublai Khan
에 비유했다.

4

/

존재

네가 싫어하는 내 행동은 전부
순수한 본능이야
네가 사랑하는 내 행동도 전부
순수한 나야

나는 지적이야

난 매력 있어

나는 강해

나는 주도적이야

나는 가치가 있어

나는 건강해

난 힘이 있어

나는 소리 소문 없이 움직이지

나는 사랑으로 둘러싸여 있어

나는 희망의 신호야

나ㄴ 쿨럭ㅋ즉투웅꿀럭으윽투엣

……

방금 그건 헤어볼이었어

그리고 난 고양이야

방금 일어난 일은

아무것도 아냐, 난 괜찮아

자연의 법칙

나뭇잎은 부드럽게 맴돌며

마른 땅 위로 떨어지지

눈송이는 사뿐히 흩날리며

눈 덮인 언덕 위로 떨어지지

번개는 우르르 쾅쾅 치며

지상으로 내리꽂히지

그리고 나는 까무룩

냉장고에서 쓰레기통으로 떨어진다네

그게 자연의 법칙이야

오직 우리 둘

길게

딱 마주치는

빤하고

어색하며

안타까운

눈맞춤보다

확실한 신호는 없어

내 화장실이 네가 즐겨 앉는 의자와

지나치게 가까이 놓여 있다는 걸 보여주는

난 편집증 환자가 아니야

난 사료를 건드리지 않을 거야 왜냐하면

그 안에 약이 있거든

간식을 먹지 않을 거야 왜냐하면

그 안에 약이 들었거든

네 손 가까이 가지 않을 거야 왜냐하면

약을 쥐고 있을 거니까

그 장난감 갖고 놀지 않을 거야 왜냐하면

안에다 약을 숨겨뒀을 것 같아

방에 들어가지 않을 거야 왜냐하면

방 안에 약이 있을 것 같아

소파에서 안 잘래 왜냐면

어딘가에 약이 있을 것 같아

하늘을 쳐다보지 않을래 왜냐면

하늘에서 약이 떨어질 것 같으니까

아무것도 안 할 거야 왜냐면

여기저기 어디라도 약이 있을 것 같으니까

넌 나를 편집증 환자라고 생각할 수도 있어

미쳤다고 생각할 수도 있겠지

하지만 난 두 번은 안 속아

그까짓 기생충 따위, 약 같은 거 안 먹어도

정신력으로 이겨낼 수 있어

교 훈

마음이 떠난 사람을

잡을 수는 없어

지나간 기억을 오늘 일어난 일처럼

붙들어둘 수는 없어

모욕적인 언사를

가슴으로 받아들일 수는 없어

움직이지 않고 집에서 뒹굴면서

영광의 열매를 거둘 수는 없어

잃어버린 것에 집착하다 보면

미래를 쟁취할 수 없어

그리고 벽에 비치는 레이저 포인터의 점도 그래

아무리 노력하고 또 노력해도 붙잡을 수 없는 거야

이건 내가 정말 힘들게 깨달은 진실인데, 너한테 가르쳐주는 거야

삼 고양이

사람들이 너더러 미쳤다고 하기 전에

네가 콧노래로 부를 수 있었던 가장 긴 곡은 뭐야?

길, 로路, 가街의 차이점은 뭐야?

민족주의적 농담을 했다가

이웃의 유령에게 모욕당해본 적 있어?

시트콤 「해피 데이스」*에 나온 도니 모스트에게

무슨 일이 일어났는지 생각해봤니?

허리케인을 '모터머'**라고 부른다면

두려워하는 사람이 있었을까?

토스터가 살아 움직인다면

자기 빵 부스러기 거름망 정도는 스스로 청소할까?

레프리콘*** 요정들은 왜 갖고 있는 황금을

학자금 대출을 갚는 데 쓰지 않는 거지?

닌자들은 왜 휴대전화 벨소리를 무음으로 하는 걸

깜빡하는 걸까?

나도 많은 사람이

샴 고양이가 수다쟁이라고 생각한단 건 알아

우리가 떠들고 떠들고 또 떠든다고

여긴다는 것도

근데 너도 어차피 막 잠에서 깨서

천장을 바라보며 멍 때리고 있을 뿐이잖아

그러니 말해봐

왜 화이트보드에 검은 분필은 안 되는 거야?

* 미국 ABC에서 1974년부터 10년간 방영한 시트콤으로, 도니 모스트의 대표작이다.
** 월트 디즈니의 만화 캐릭터 미키 마우스의 라이벌 격으로 여기저기 추근거리지만 되레 당하는 캐릭터다.
*** 아일랜드 민담에 나오는 작은 요정.

차 가 워

이 진찰대 차가워

이 손 차가워

이 바늘 차가워

이 청진기 차가워

수의사도 차가워

간호사도 차가워

이 방도 차가워

따뜻한 거라곤

내가 수의사 수첩에 푸짐하게 싸놓은

오줌뿐이야

누구나 다

사람들은 누구나 다 가만 있지 못하는 증후군을 앓고 있어

누구나 다 미끄러지고 넘어지고 자빠지곤 해

누구나 다 우울증으로 고통받고

방광 기능 장애로 고생하고

누구나 다 담당 의사를 고소하곤 해

누구나 다 밤에 잠을 못 이루고

흑백영화 속에서는 간단한 임무조차 해내지 못해

누구나 다 보험을 들어야 하고

누구나 다 세금을 내야 하고

모든 것이 암울하고 절망적이게만 보여

네가 텔레비전을 켜놓고 나갔기에

하루 종일 그 안의 세상을 관찰했더니

누구나 다 그렇더라고

뚱냥이

나는 뚱뚱한 게 아니야, 골격이 큰 거지

나는 뚱뚱한 게 아니야, 품종이 원래 큰 거지

나는 뚱뚱한 게 아니야, 그냥 털이 풍성한 거지

나는 뚱뚱한 게 아니야, 근육이 많은 거지

나는 뚱뚱한 게 아니야, 겨울이라 몸이 좀 커졌을 뿐이야

나는 뚱뚱한 게 아니야, 그저 착시 현상일 뿐이야

네가 허리를 삔 건 절대로 내 탓이 아니래도

하지만 다음번에 날 안아 올릴 때는,

무릎도 함께 쓰도록 해

신 의 넥 타

홀짝, 홀짝, 홀짝

　　　참나무의 향기

할짝, 할짝, 할짝

　　　신선하고 달콤한 과일의 풍미

후룩, 후룩, 후룩

　　　섬세하고도 우아한 맛

꿀꺽, 꿀꺽, 꿀꺽

　　　자연의 신비

아, 물이 이런 맛을 낼 수 있다니

　　　미처 몰랐어

아, 싱크대의 수도꼭지가

　　　이처럼 복된 것이었다니

아, 네가 그릇에 부어주는

　　　밍밍한 물로 배를 채웠던 지난날이

어쩌나 안타까운지

어 떻 게 네 가

이게 대체 무슨 짓—

어떻게 날 이렇게 대우할 수 있—

감히 그걸 켜기만 해보—

맙소사 이런 고문을 나에게—

에취! 에취! 눈에 들어가잖—

어떻게 이런 잔인한 짓을 할 수 있—

나를 거기다 넣기만 해보—

널 죽여버리고 말 테—

네 눈을 할퀴어버리고 말겠—

자꾸 날 방해하지 말란 말—

이 악몽이 대체 언제 끝나는 거—

오, 이제 끝났군

됐어 그럼

하지만 이번이 마지막이야

다시는 목욕 안 해

안 돼

"안 돼"가 무슨 뜻인지는 알아

네가 뭐라고 말하는지 안다고

네가 "안 돼"라고 말한 거 들었어

네 말은 언제나 듣고 있어

"그거 깨뜨리지 마" 하고 소리친 거 알아

"하지 마, 알았어?"라고 고함친 것도 들었어

근데 이게 망가졌다고 왜 화를 내는지

그건 잘 모르겠어

네가 딴 데 보고 있을 때

벌써 일곱 번이나 때려봤는데

그때는 "안 돼, 하지 마" 하고 말한 적 없었잖아

왜 사람에게 최고의 친구가 개라는 거야?

집에 돌아왔을 때 내가 문 앞에서 반기지 않아서?

외출할 때 내가 꼬리를 흔들며 배웅하지 않아서?

내가 공놀이를 하지 않아서?

내가 재주를 부리지 않아서?

날 좀 봐달라고 애교를 부리지 않아서?

이름을 부를 때 대답하지 않아서?

그래, 근데 난 적어도 네가 사랑을 나눌 때 훔쳐보지 않아

개도 그러는지 한번 물어보자고

그리움

해가 들던 내 특별한 자리가 그리워

네 얼굴에 내 머리를 비벼대던 다정한 날들이 그리워

내가 발톱으로 긁어놓은 낡은 양탄자가 그리워

미끄러지기 좋던 주방 바닥이 그리워

삐걱삐걱 소리를 내던 네 방문이 그리워

누워 있기 좋았던 내 창가 자리가 그리워

약 먹기 싫다고 반항했던 그날들도 그리워

내 가족, 내 집, 너의 스웨터가 그리워

아무짝에도 쓸모없는 아이리시 세터 녀석,

그 녀석까지도 그리워

이 바보 같은 나무에 올라오기 전까지

나를 이루었던 모든 것이 그립다고

옹알이

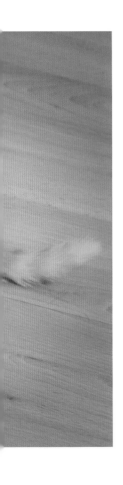

귀여워 침대 깡충

맞아 그래 그래

아냐 문 그러지마

공 공 소파

응 턱 귀

꼬리 잡았다 꼬리

뛰고 먹고 미끄럼

난 이제 겨우

삼 주밖에 안 돼서

인간 말 잘 못해

옮 긴 이 의 말

우리 집 맏고양이 은비가 내 삶에 걸어 들어온 게 벌써 10년 전
이다. 은비로 인해 고양이를 알았고, 그들의 매력에 빠졌다. 그
러면서 길고양이를 돌보기 시작했고, 유기묘나 길고양이를 집
에서 보살피고 순화시켜 좋은 가족을 찾아주기를 몇 년째 해
왔다.

그동안 수백 마리의 고양이를 만났다. 사람과 마찬가지로 저마
다 성격도, 행동 습관도 다르며 독특한 개성을 지닌 고양이들.
얌전이, 말썽꾸러기, 어리광쟁이, 새침데기, 사람에게 집착이
심한 냥이, 사람과 거리를 두는 냥이……

이 책을 번역하면서 시 한 편 한 편 그들과 함께했던 날들이 떠
올라 즐거웠다. 저자는 고양이와 함께 지내본 사람이라면 누구
나 공감할 만한 일상의 순간들을 재치 있게 잡아내, 여러 고양
이의 입을 빌려 익살맞고 유쾌하게 펼쳐놓았다. 자존심 강하고
호기심 많고 때로는 종잡을 수 없는 애정으로 넘치는 고양이의
매력이 이 책 여기저기에 녹아 있다. 미소를 지으며 읽어나가다

보면, "맞아, 우리 누구가 딱 이래!" 하며 웃음이 터져 나오는 순간이 여러 번 있을 것이다.

얼마 전 낯익은 동네 길고양이를 밤길에 만났다. 그 고양이는 생쥐를 잡아와 내 발등에 올려놓았다! 나는 이 책의 「왜 그래?」란 시를 떠올렸고, 펄쩍펄쩍 뛰고 싶은 마음을 꾹 참으며 칭찬을 기다리는 그 초롱초롱한 눈망울을 마주보고 머리를 쓰다듬어주었다. 감사의 표시에 만족한 길고양이가 퇴각한 후, 부들부들 떨며 불운한 생쥐를 묻어주려 했다. 그 순간, 생쥐가 기절했을 뿐 몸에 상처 하나 없이 숨 쉬고 있는 걸 보고 또 한 번 놀랐다. 그 밤의 끝은 나와 고양이와 생쥐가 모두 무사히 제 갈 길을 가는 것으로 마무리되었다.

프란체스코 마르치울리아노는 오랫동안 두 마리의 고양이와 함께 살았다. 보리스와 나타샤. 그들에 대한 애정과 추억을 풍자시의 형태로 담은 이 책은 2012년 출간되자마자 『뉴욕 타임스』와 『로스앤젤레스 타임스』 등 여러 매체에서 베스트셀러에 올랐고, 그해 내내 자리에서 내려오지 않았다. 유튜브와 인스타그램 등 인터넷에는 이 책의 팬들이 찍고 만든 수많은 2차

창작물이 넘쳐난다. 전 세계의 독자들이 이 책을 보며 웃음과 기쁨을 얻었듯이, 우리 독자들도 '고양이의 시'를 즐겨주었으면 좋겠다. 물론 글을 읽을 줄 아는 고양이들도 함께. ^^

고양이의 시

1판 1쇄   2016년 7월 25일
1판 3쇄   2020년 4월 13일

지은이   프란체스코 마르치울리아노
옮긴이   김미진
펴낸이   강성민
편집장   이은혜
기획   김영선
편집   박은아
마케팅   정민호 김도윤 고희수
홍보   김희숙 김상만 오혜림 지문희 우상희 김현지

펴낸곳   (주)글항아리│출판등록 2009년 1월 19일 제406-2009-000002호

주소   10881 경기도 파주시 회동길 210
전자우편   bookpot@hanmail.net
전화번호   031-955-2696(마케팅) 031-955-2663(편집부)
팩스   031-955-2557

ISBN 978-89-6735-353-7 03840

에쎄는 ㈜글항아리의 브랜드입니다.

이 도서의 국립중앙도서관 출판예정도서목록(CIP)은 서지정보유통지원시스템 홈페이지
(http://seoji.nl.go.kr)와 국가자료종합목록 구축시스템(http://kolis-net.nl.go.kr)에서
이용하실 수 있습니다.(CIP제어번호 : CIP2016016950)

잘못된 책은 구입하신 서점에서 교환해드립니다.
기타 교환 문의 031-955-2661, 3580

geulhangari.com